분명한 사건

문학과지성사에서 펴낸 오규원의 시집

왕자가 아닌 한 아이에게 (1978; 개정판 1995)
이 땅에 씌어지는 서정시 (1981; 개정판 2016)
가끔은 주목받는 생이고 싶다 (1987; 개정판 1994)
사랑의 감옥 (1991)
길, 골목, 호텔 그리고 강물소리 (1995)
한 잎의 여자 (시선집, 1998)
토마토는 붉다 아니 달콤하다 (1999)
오규원 시전집 1·2 (2002)
새와 나무와 새똥 그리고 돌멩이 (2005)
두두 (유고 시집, 2008)
나무 속의 자동차 (동시집, 2008)

문학과지성 시인선 R 11
분명한 사건

펴 낸 날 2017년 2월 2일

지 은 이 오규원
펴 낸 이 주일우
펴 낸 곳 ㈜문학과지성사

등록번호 제1993-000098호
주 소 121-894 서울 마포구 잔다리로7길 18(서교동 377-20)
전 화 02)338-7224
팩 스 02)323-4180(편집) 02)338-7221(영업)
전자우편 moonji@moonji.com
홈페이지 www.moonji.com

ISBN 978-89-320-2980-1

이 도서의 국립중앙도서관 출판예정도서목록(CIP)은 서지정보유통지원시스템 홈페이지(http://seoji.nl.go.kr)와 국가자료공동목록시스템(http://www.nl.go.kr/kolisnet)에서 이용하실 수 있습니다. (CIP제어번호: CIP2017001660)

문학과지성 시인선 R11

분명한 사건

오규원

시인의 말

근작 시편을 쓰다 보니, 일단 지난날 자신의 작업을 정리해서 다시 출발해야 하겠다고 생각되었다. 그래서 7년 동안(1964~1971) 쓴 것 중에서 30편만 골라 첫 시집을『분명한 사건』으로 묶었다. 묶다 보니 작품들이 마음에 들지 않아 상당수를 버렸고 몇 편은 발표되었던 작품과는 상관없이 마음대로 깎아버리고 고쳐버렸다. 그러나 이제는 왜 시가 어려운가에 대해서는 솔직하게 고백할 용기는 생겼으니, 다행이라면 다행이다.

이 시집은 몇 분의 후의에 의해 제작되었음을 밝혀둔다.

1971년 10월

오규원

분명한 사건

차례

2부

일러두기

1. 이 책은 『분명한 事件』(한림출판사, 1971)의 복간본이다.
2. 수록 시의 경우, 맞춤법과 외래어 표기, 문장부호는 현행 국립국어원 규정을 원칙으로 삼되, 띄어쓰기는 문학과지성사 자체 규정을 따랐다. 다만 작품의 분위기에 영향을 준다고 판단되는 시인 특유의 어휘, 사투리나 구어체 표현, 의성어·의태어 등은 저자의 의도를 살려 그대로 두었다.
3. 한자어 표기는 『오규원 시전집 1』(문학과지성사, 2002)에 수록된 내용을 기준으로 삼되, 일부 단어는 예외로 두었다.
   예) 내부〉內部, 家僕〉가복, 강〉江, 언어〉言語

1부

서쪽 숲의 나무들

1

나의 음성들이 외롭게 나의 외곽에 떨어지는
따스한 겨울날.
골격뿐인 서쪽 숲의 나무들이
환각에 젖어
나무와 나무 사이에 공간이 생기고 있다.
떡갈나무 갈참나무 상수리나무
너도밤나무도 모르게
동쪽과 서쪽 사이에 이론이 생기고
어쩌다가 잠깬 시간이
머리를 갸웃거리곤 했다.
심심한 바람은 공간에 먼지를 쌓고
17세기 외투를 입은 산비둘기는
그해의 마지막 획득처럼
차이콥스키 교향곡 몇 소절을 울었다.

2

순례를 마친 나무들이
가만히 지층으로 뿌리를 뻗는다.
바람은 서쪽에서 불어오고
山幕에 잠든 목신이 기침을 한다.
관목 숲에서 확대경을 끼고
밤의 배경을 뒤지는 달빛.
마을은
자물쇠를 튼튼하게 채우고
후방의 스산한 가장무도회에 떠났다.
단수로 남은 家僕들을
흔드는, 흔드는 등피.
태아들은 혼례가를 부르며 밤마다 숲으로 간다.

길

눈물 속에 산소와 수소가
나란히 걸어가고
원자들이
타협적인 눈을 굴리며
어깨동무를 하고 있다.
강철 속에
5억 5천만 년 전에 죽은
삼엽충의 발바닥과
대장간의 망치에서 떨어진
오물이
정열적인 포옹을 하고 있다.
그 옆에
결론이 놀고 앉아 보고 있다.

서쪽으로 고개를 돌린
강철이 떨고 있다.
살과 살 사이에 뼈와 뼈 사이에
찬 바람이 불고 때 아닌 눈보라가

五官의 뜰에 핀 꽃줄기를 비틀고 있다.
쓰러진 것들이 모두 달려와
질문의 창을 두드려도
거부의 근엄한 표정은, 오 육감을
하나씩 거두어들이고 있다.

수술과 암술이 떠나고 꽃잎과 꽃받침이 떠나고
꽃밭이 떠나고
마지막엔 풀이 흔드는 작별의 손이 보이고
인사도 없이 골목이 떠나고 길이 서 있다.
산소와 수소 사이에 호올로
삼엽충의 발바닥과 오물 사이에서 호올로.

분명한 사건

안경 밖으로 뿌리를 죽죽 뻗어나간
나무들이
서산에서
한쪽 다리를 헛집고 넘어진 노을 속에
허둥거리고 있다.
키가 큰 산오리나무의 두 귀가
불타고 있다.

시간의 둔탁한 대문을
소란스럽게 열고 들어선
밤이
으스름과 부딪쳐
기둥을 끌어안고
누우런 밀밭을 밟고 온
그 밤의 신발 밑에서
향긋한 보리 냄새가
어리둥절한 얼굴로
고개를 내밀고 있다.

골목에서
작년과 재작년의 죽음이
서로 다른 표정으로
만나고
그해 죽은 사람의
헛기침 소리 하나가
느닷없이
행인의 뒷덜미를 후려치고 간다.

정든 땅 언덕 위

1

죽은 꽃들을 한 아름 안고
문 앞까지 와서
숙연해지는 들판.
그 언덕 위에
건장한 남자들이 휘두른
두 팔에
잘려진 채
그대로 남아 있는
목책.

홀아비로 늙은 삼식이의
초가집
뜰이
풀잎 위에 떠 있다.
드문드문 떨어져
나직하게

오보에를 부는 나무들이
요즘도 살고 있는 골짜기로
올해 들어 첫번째로
하늘의 일부가 열리고
종종종……
고전적으로 내리는 비.

그때 10년 만에
부스스 눈을 뜨고
한 발로 파도를 누르는 산.
그때 10년 만에
처음으로 잠드는 바다.

2

언덕 위
비극의 내 생가.

나의 과거를
부르는 놈은
숲에서 뛰어나온
나체의 산이다.
옆집 창문으로 들어온
산돼지다.
뜰의 나무 잎 뒤에서
방의 벽지 뒤에서
노려보는 놈은
꽃이 될 비극이다.

글쎄, 당신은 모른다니까
내가 무슨 노래를 하는지.
글쎄, 이빨 사이에 끼인
죽은 바다는 빼냈다니까.

3

건넛마을의 김씨가 찾아왔다
김씨를 만나면
그의 살 속 여윈 뼈가 보인다.
얼굴의 광대뼈가
빌딩의 사각창보다
외로운 각도다.
김씨가 오면 바람이 불지 않는다.
그가 있는 곳은 여름
여름 속의 양철집.
그를 따라다니는 것은
부러진 나뭇가지에서 상처를 입은
바람.
그가 오면 햇빛이 보이지 않는다.
그는 햇빛 속에 사는 나를 비웃는다.

현상실험
—別章

투명한 심상의 바다 속에 사는 낱말은
외로운 몇 사람이 늘 서 있는 그 배경만큼
조용히 사색의 귀를 열고 있다.
나의 家僕이 유모차를 끌고
한낮의 거리에서 疎外를 밀 동안
낱말은 지친 바람을
가만가만 풀잎 위에 안아 올린다.
환각의 땅 위에는 눈 내리는 겨울방학의
포근한 안정감이 쌓이고
비둘기의 날개가 구름처럼 흐르고
가끔 이유도 두근거리고.
투명한 심상의 바다 속에서는
오늘 저녁에라도 깨어날 몇 사람의 인기척.
낱말은 외로운 그 몇 사람처럼
아직 날지 못하는 새를 기르며
단절된 시간을 한 장씩 넘기고 있다.
공간에 의자를 내놓고 책을 읽으며
때때로 어린 새의 질량을 느끼며

아, 떨리지 않는 건강한 손으로
소멸할 하루의 일정을 거두어들인다.

무서운 사건

피곤한 인질의 잠이
소집당하고 있다
탐욕의 어둠 허위의 어둠이
오늘 하루를 이끌고 온 당신의 엉큼한 협상의 눈이
소집당하고 있다
거리에 깔린 불안을 다리로 질질 끌며 이
아름다운 밤의 식탁에 초대되고 있다

주인의 손에는, 완벽한 同意의
빛을 반짝이는 탈색된 표정으로 눈 감고 있는 한 자루의 칼
그 옆에는, 편안히 누워서
안정감을 뒤적거려보며 해결을 기다리는 접시
밤마다 빠지지 않는, 식탁과 의자와
장농과 방바닥 방바닥 밑의 그림자

눈을 반쯤 감은 어제의 죽음이
끌려오고
오늘의 거리를 구경한 나뭇잎의 신경이

공포의 그 순간이 끌려오고
주인의 손에서 칼이
식탁과 의자와 장롱과 방바닥이
방바닥 밑의 그림자가 천천히 눈을 뜨고

24시간 1,440분 86,400초가, 차례로
검토되고 있다
86,400초의 관계가, 살을 내놓고
옷을 벗는다 그리고 과거가 소집당하고 있다
독립할 수 없었던 미래가, 아 순진한
미래가 체포되어 식탁 위에 오르고 있다

현황 B

1

당신에게 외면당한 현실의
뒤뜰 구석에는
신의 왼쪽 발
뒤꿈치가 적발된다.
분실한 잠이
몇 송이 라일락꽃이
적발되고
지붕 밑 서까래에서
낡은 돌쩌귀가 적발된다.

당신의 책상 서랍에는
우편요금에게 미안한 얼굴을 하고
봉투가 앉아 있다.
천사가 먹다 남긴
추억의 빵이 몇 조각.
그 옆에

새벽 2시의
음침한 불빛이 들어 있다.

오오 묻지는 말게
그게 뭐냐고

2

시간의 육신이 부서지고 있다.
들쥐들이 갉아 먹은 뜰이
조금씩 간격을 두고
분쟁을 제기하는 나무들이
어둠에 구멍을 뚫고 있다.

신경의 왼쪽과
오른쪽에서
오른쪽과 왼쪽에서

버려진 나의 깊은 우물 속을
내려가는
빈 두레박 소리가 빠져나오고
발자국이 큼직큼직한 악몽이
등뼈를 타고 넘어오고 있다.

3

오오 묻지는 말게
그게 뭐냐고.
수은주 속으로 창백한
미래가 기어오르고
바람이 의자 밑에서
쓰러진 시간의 뼈다귀를
추리고 있다.
백지들이
마른 감정의 밑바닥을 핥고

낱말의 궁색한 표정을
창밖의 풍경이 노려보고

내장에 드러누운
불길한 환각을 반출하는 정맥의
발소리가
문지방을 밟고
말갛게 내부를 닦아낸 유리창을 통과하고 있다.

그 마을의 주소

1

그 마을의 주소는 햇빛 속이다
바람뿐인 빈 들을 부둥켜안고
허우적거리다가
사지가 비틀린 햇빛의 통증이
길마다 널려 있는
논밭 사이다
반쯤 타다가 남은 옷을 걸치고
나무들이 멍청히 서서
눈만 떴다 감았다 하는
언덕에서
뜨거운 이마를 두 손으로 움켜쥐고
소름 끼치는, 소름 끼치는 울음을 우는
햇빛 속이다

2

행정구역이 개편된
그 마을의 주소는 허공중이다
목마른 잎사귀들의 잔기침 소리로
종일 어수선한 하늘 속이다
갈 곳 없는 목소리들은 나뭇가지에
모여 앉아
편애의 그물을 짜고
그 위에서 나른한 잠을 즐기던 유령들이
시나브로 떨어져 죽는
편입된 하늘의 일대다

그 이튿날

바람이 불고 간 그 이튿날
뜰에 나간 나는
감나무의 그림자가 한꺼풀 벗겨진 걸
발견했다.
돌아서는 순간
뜰이 약간 기울어진 걸
발견했다.

뜰 위에는
부러진 아침 어깨뼈의 일부.
부러진 하느님 어깨뼈의 일부.

대문을 열고 출근하는 나의 발에
골목에 찢어져 뒹굴던
산의 외투가 한 자락 걸렸다.
아침을 픽픽 웃는
엊저녁 광대뼈의 표정이 보였다.

꽃이 웃는 집

나뭇가지를 타고
이웃집으로 도주해버린
시간의 신발이
발을 떠나서
거주하는 뜰을

이혼 승낙서를 앞에 놓고
어깨를 나란히한
두 송이 꽃이
웃으며 보고 있었다
곡괭이를 빠져나온 長木 자루가
바보처럼
허리를 구부리고
담 밖을 기웃거리다가
되돌아 들어가곤 하는
그 집에는

집의 도주를 돕는 잠을 자는

사방에

난폭한 벽의 고집이

대못을 꽝 꽝 박아놓고

뒤로 물러서서

지키고 있었다

무서운 계절

잠 못 이룬 새벽 2시쯤
산기슭에 자리 잡은 조그만 집의
조그만 방의 새벽 2시쯤
그때마다
집 옆의 계곡이 밤을 견디며
쿨룩 쿨룩 기침하는 소리를
듣곤 했다고
몇 년 만에 下釜한 나에게
당신은 말했다.
나는 그때 당신의 눈이
내 오장을 훑어가는 것을
보고 있었다.
당신은 담담한 얼굴로
무서운 사실을 얘기하고,
고층 건물의 모진 옆구리에 걸려
기울어진 하늘이나
어딘가 쓸쓸한 도시의 창문들의
어깨를 매일 보는 나지만,

절망이란 말이 쉽지
어디 발에 차이는 돌멩이 같은가.

그리고 매일
바람에 흔들리며 부르르 떨고 있는
나뭇잎의 새파랗게 질린 표정을
과연 몇 사람이 보고 있을까.

들판

관절염을 앓는
늙은 감나무 가지 사이로
엉큼한
서너 개의 바람이 불고 있다.

드문드문 누워서
햇빛을 쬐는 무덤에서
김해 김씨의 족보와
창세기 제1장 제2절이
걸어 나오고

먼지 속에 묻혀버린
발자국이
매일 풀밭에서 벌어지는
신의 음모에 참석차
기웃둥 기웃둥
가고 있다.

길이 끝난 곳에

산이

무릎을 꿇고 앉아 있다.

오, 시간이 외그루 나무처럼 서서

지나가는 사람의

모자를

차례로 벗기고 있다.

맹물과 김씨

김씨의 웃음은 맹물이다
그렇게 말하면서도
환쟁이 친구 녀석의 화폭에는
맹물이 고이지 않고
상수도를 빠져나온 물이
번쩍
하고 마주친 전등 밑에서
두 손으로 얼굴을 가리고 있었다

이튿날 방문했을 때
아틀리에에는
나요! 나요! 나요!
손을 든 일만 개의 웃음 사이에
우두커니 선 그의 턱까지
일만 개의 웃음과 웃음을 꿰맨
가봉의 바늘구멍으로 쏟아진 물이
다리를 뻗고 누워 있었다
김씨의 웃음은 그 위에 떠도는

한 송이 꽃같이
바람에 안겨 있었다

그때부터 김씨의 집에 가도
나는 웃지 않았다
김씨의 집에는
개머루 덩굴 하나가
빈 들의 하얀 배경을 갉으며
파란 터널을 만들고
두 쪽으로 깨어진 유리처럼
차츰 파괴되어가는 하늘을
맹물이 비추고 있었다

얼마 후 그를 만났을 때
녀석도 웃지 않았다
그의 화폭에는
죽음의 뜰에 발가락을 내놓은
갈참나무 한 그루가

햇빛에 산산조각되어
흩어지고 있었다

육체의 마을

*

마을의 끝에 가면
풀밭 속에
마을의 발이 보인다.
주저앉은 마을의
바짓가랑이 속의
공동과
하얀 한쪽 발이 보인다.

*

나무들이 육체를 떠나
내 손 위에 오른다.
딱따구리들이 일제히
허공을 쪼고 있다.
딱 딱 딱
깨어지는 하늘 사이로

보이는
뼈가 단단히 여문
대문의 일부.

*

몇 개의 손가락으로
굳어진 가옥들.
피가 통하지 않는 손톱은
남이
잘라도 아프지 않다.
손톱 밑의 어둠
손톱 밑의 시공
오, 손톱 밑의 천국
그 속에 빠져 뒹구는
유리구슬 하나.

*

풀 밑에 풀들이 옷을
벗고 놀고 있다.
싱싱한 육체 위에서
아이들의 목소리가
무수히 점프하고 있다.
아— 아— 아—
불타는 음성 속에
뜰의 육체가, 잡목이 불타고
타고 남은 육체가
상처 하나 입지 않고
햇빛과 햇빛 사이로 불쑥
고개를 내미누나.

사내와 사과

한 사내가 슬그머니 사과 속으로 들어가더니 아무도 없는 응접실의 접시 위 사과가 어슬렁 어슬렁 거닐고 대낮의 욕정이 전신으로 내리박히어 벌겋게 독이 오른 맨살 밑의 캄캄한 공간에서 씨방이 분주하게 삽질하는 소리가 들린다.

2부

삼월

삼월에 신은 남쪽
물결을 타고 온다.
봄에 일할 家僕들을
양 허리에 끼고,
해변의 동사무소에서
주민등록의 서류를 갖춘다.
결재가 날 동안
나무들은 예산을 끝내고
들은 목책을 헐고
부드러운 바람은 방목한다.
아, 배태의 순간은
뜰 위에 방학이 내려와 노닥거리는
학동의 마을이다.
신이 웃고 있는 곳에
심상이 간지러운 보슬비는
내리고.

현상실험

1

언어는 추억에
걸려 있는
18세기형의 모자다.
늘 방황하는 기사
아이반호의
꿈 많은 말발굽쇠다.
닳아빠진 인식의
길가
망명정부의 청사처럼
텅 빈
상상, 언어는
가끔 울리는
퇴직한 외교관댁의
초인종이다.

2

빈 하늘에 걸려
클래식하게
서걱서걱하는 겨울.
음과 절이 뚝뚝 끊어진
시간을
아이들은
공처럼 굴린다.
언어는, 겨울날
서울 시가를 흔들며 가는
아내도 타지 않는 전차다.
추상의
위험한 가지에서
흔들리는, 흔들리는 사랑의
방울 소리다.

3

언어는, 의식의
먼 강변에서
출렁이는 물결 소리로
차츰 확대되는
공간이다.
출렁이는 만큼 설레는,
설레는 강물이다.
신의
안방 문고리를
쥐고 흔드는
건방진 나의 폭력이다.
광장에는 나무들이
외롭기 알맞게 떨어져
서 있다.

밝은 밤

갈참나무 떡갈나무 물오리나무
상수리나무 잎사귀들이
두 손으로
움켜쥔 어둠이
닳아빠진 말발굽 소리를 내며
손가락 사이로
빠져나가고 있다.
서해에서
맨발로 달려온
허기 찬 한 사내가
밤새도록
닳아빠진 말발굽 소리를
먹고 있다.

바람이 불 때마다
으으으
신경이 떨리는 소리에
달이 산산조각이 되어 흩어지고

지층에서 얘기하던
소극적인 사람들의 말소리가
밤의 한쪽에
바늘만 한 구멍을 뚫고
그 속으로
보이기 싫은
세계의 눈물이 한 방울
뚜욱 떨어지고 있다.

서쪽 마을

등나무 잎 사이의 바람이 일어나
혼자
아침 산책을 하고 있다.
온몸운동을 하며
잠 깬 숲의 나무들과
자욱한 안개를 밀고 있다.
브라질에 이민 간 친구의
적적한 서너 마디의 안부도
잡풀 속에서 말없이 일어서고
물빛보다 연하게
리듬을 퉁기는 먼 나라의 아침.
도마 위에
감각이 신선한 야채의 이미지가 놓인다.
현관에서
나를 기다리는 신발을
딱딱한 시멘트 바닥이 기웃거리고
방구석의 휴지들이 부스럭거리고
깊은 잠 속에 다시 한 번

잠들어 닿는,

잠 깨지 않는 마을의 강이

몸을 뒤채며 돌아눕는다.

아침

날마다 아침은
구름 아래로 깔리는
삼월의 뜰에 서 있곤 했다.
밤새 앓던 심한 편두통을
잠시 잊고
시중에 나와
가등처럼 잠깐 떨며 가는
사방을
전송하곤 했다.
버스는 붐비고 출근은 서둘러도
몇 사람은 좀더 당황하기 위하여
걸음을 멈추고
환상의 문이 되고, 빗장이 되고……
졸던 바다가 깨어날 동안
산속의 너도밤나무처럼
귀를 세우고 서 있곤 했다.

대낮

환상의 마을에서
살해된 낱말이
내장을 드러낸 채
대낮에
광화문 네거리에 누워 있다.

초조한 눈빛을 굴리는
약속이
불타는 西市의 거리를 지나다가
피투성이가 되어
그 위에 쌓인다.

사랑 이야기

유리처럼 새벽에 깨끗이 부서지는
밤, 그 밤의
깨어지는 소리 속의 쟁한 메아리와
무엄하게
사어들의 기침 소리를 캐내던 사내가
신에게 적발되어 신국의
말뚝에 매여 있네

마을의 판자벽을 울리며
들판에 깔린 가을의 羊毛를 차례로
벗겨가는 소리,
그 소리를 남몰래 쥐었다가
하늘을 한 꺼풀 벗기는 소리에
돌돌 말려간 여자가
공중에서
구름과 구름 사이에
끼여 있네

그 사이를 오르내리는
몇 개의 길이
굽은 허리를 펴며 투덜거리네
生木들의 잎은 거울이라서
잘 부서진단 말이야

포도 덩굴

사랑하는 것들의 눈뜨는
소리와
사랑하는 것들의 눈 감는
소리
사이로 뻗어 있는
싱싱한 포도 덩굴.

마른 미류목 잎들이
풀, 돌멩이, 토끼똥……
이런 이름들과
가볍게 내통하는 길 옆에

우리의 귀를 간지럽히는
것들의 말소리와
만세를 부르는 아이들의
눈 사이로
뻗어 있는
싱싱한 덩굴을 흔드는 포도 송이.

인식의 마을

인식의 마을은 회리바람이더라 흔들리는 언어들이더라
무장한 나무들이더라
공장에선 석탄들이 결사적이더라
인식의 마을은 겨울이더라 강설이더라
바람이 동상에 걸린 가지를 자르더라
싸늘한 싸늘한 적설기더라 밤이더라

루빈스타인의 초상화

명동 뒷골목에서 1권에 일금 70원을 주고 사온 낡은『새터데이 · 리뷰』지의 루빈스타인 초상화가 나의 생계를 굴려보고 있다 주먹 쥐고 실력을 발휘한 무수한 시간의 흔적 그 여유만만한 주름살 위에 출렁출렁 넘치는 웃음이 글쎄 넌 모른다니까 왜 백지 위에서 나의 현실을 멋대로 이저리 굴리는지 습관처럼 명동 뒷골목서 나는 오늘 또한 싸구려로 남들의 생애를 훔치지만 글쎄 넌 모른다니까그래 70원의 배경을 점검하는 루빈스타인 초상화가 오 내일은 나의 전 생활조차 도둑질해가고 남은 나는 빈손으로 앉아 있을 것을

주인의 얼굴

독신을 즐기는 쌍문동 종점, 독신을 즐기는 주인의 하숙집 귀를 사정없이 자른 인물은 옆집 아가씨의 구두에 차인 돌멩이다. 어린애들이 휘두르는 장난감 칼에 두 동강이 난 전쟁이다.

매일 종점의 마당에서 세발자전거를 몰고 있는 주인. 그를 영원히 외출시킨 인물은 골목의 꽃집 속의 장미다. 혼자 살다 어제 죽은 뒷산 인동초 한 그루다.

주인이 없는 방 벽에서 흔들리는 옷가지. 주인이 없는 방 안에서 혼자 앉은 불빛. 주인이 없는 방 앞에서 돌아서는 바람. 오, 주인이 없는 방 안에서 사는 죽은 주인의 얼굴.

즉흥곡

조용히 걸으면서
바람이
나뭇잎을 희롱하는 모습을 본다.

잠시 걸음을 멈추고
바람이 지나간 뒤
정적 속에 박혀 있는
나뭇잎을 본다.

나뭇잎은 꼼짝도 않고
주변의
풍경조차 움직이지 않는다.

잠시 걸음을 멈추었다가
다시 걷는다.
나뭇잎이 다시 흔들리고
풍경이
뒤로 물러서는 모습을 본다.

몇 개의 현상

I. 빛

1

떨어지는 순간
빛은
하얀 공간에
꽃병도 없이 어딘가 꽂힌
꽃이 된다.
낱말도 없는
문장에
꽂힌
한 송이의
꽃이 된다.
고층의 건물이
사방으로
훨훨 날아다니는,

젊은이들이
중풍에 걸린
개를 타고 돌아다니는
어느
삭막한 나라에는
신의
손에서 풀려 나오는 순간
빛은
미친 듯이 확확 타는
꽃이 된다.

2

그는
알 수 없는 종교가 되어
공중에
빛나고 있다.
그는
변신하여
떨어진다.
땅 위에서

반짝이는 사람의 눈과 눈 속에
조용히 쉬며
빛나고 있다.
알 수 없는 낱말과 눈짓이
출렁거리고 있다.

II. 환상의 땅

고요한 환상의
출장소
뜰, 뜰의
달콤한 구석에서
언어들이
쉬고 있다.
추상의 나뭇가지에
살고 있는
언어들 중의
몇몇은
위험한 나뭇가지 사이를
날아다니다
떨어져 죽고.

나의
고장난 수도꼭지에서도
뚜욱 뚜욱
언어들이 죽는다.
건강한 언어의
아이들은
어미의 둥지에서
알을 까고,
고요한 환상의
출장소
뜰에
새가 되어
내려와 쉰다.
의식의
고장난 수도꼭지에서
쉰다.

雨季의 시

빗속으로 달음질쳐 너는 가고.
지금
네가 남긴 한 짝의 신발에
안개가 괸다.
눈을 감고 기억을 밀며
안개가 괸다.
나는 젖은 사방.
나는 오로지 기간에 기대어
따금씩 상실과 획득 그 사이
뚜욱 뚜욱 떨어지는 빗방울의
중량을 받는다.
구속에서 가능했던 너의
자유의 땅, 가운데서 나는 있다.
그곳을 덮은 우거진 숲인 나.
가지 끝에 미명을 사르던
잎새들의 통합을 조용히 받는다.
붉디붉은 입술로 햇살의
投情을 빨던 꽃나무들이

하나의 기호로 무르익은 것
던져진 육신을 받는다.
계절은 지난날 치닥거리던
그 시간들을 석방했다.

잃어버린 의미 속에서 混性을
그냥 웃어버린 일월이 덮친다.
스물네 개의 허이연 이빨이 열린다.
빗속으로 달음질쳐 너는 가고.
비 젖은 둘레에서 한갓 사실로 돌아온
생명의 무게를 나는 주워든다.
아니 너의 한 짝 신발을 든다.
한 짝 신발에 괸 강우량
속으로 달음질쳐 너는 가고.

겨울 나그네

지난겨울도 나의 발은
발가락 사이 그 차가운 겨울을
딛고 있었다.
아무 데서나
심장을 놓고
기웃둥, 기웃둥 소멸을
딛고 있었다.

그 곁에서
계절은 귀로를 덮고 있었다.
모음을 분분히 싸고도는
인식의 나무들이
그냥
서서 하루를 이고 있었다.

지난겨울도 이번 겨울과
동일했다.
겨울을 밟고 선 내 곁에서

동일했다.
마음할 수 없는 사랑이며, 사랑……
내외들의 사랑을 울고 있는 비둘기
따스한 날을 쪼고 있는 곁에서
동일했다.

모든 나는 왜 이유를 모를까.
어디서나 기웃둥, 기웃둥 하며
나는 획득을 딛고
발은 소멸을 딛고 있었다.

끝없는 축복.
떨어진 것은 恨대로 다 떨어지고
그 밑에서 무게를 받는 일월이여.
모두 떨어져 덤숙히 쌓인 위에
감당할 수 없는 무게로
발자국이 하나씩 남는다.

손은 필요를 저으며 떨어져나가고.
손은 필요를 저으며 떨어져나가고.

서서 작별을 지지하는 발
발가락 사이 이 차가운 겨울을
부수며
무엇인가 아낌없이 주어버리며
오늘도 딛고 있다.

바람을 흔들며 선 고목 밑
죽은 언어들이 히죽히죽 하얗게 웃고 있는
겨울을,
첨탑에서 안식일을 우는 종이
얼어서 얼어서 들려오는
겨울을.

이번 겨울도 나의 발은
기웃둥, 기웃둥 소멸을 딛고

일월이 부서지는 소리
그 밑 누군가가 무게를 받들고……

오규원에게 보내는 뒤늦은 감사와 송구

—그의 첫 시집 『분명한 사건』을 다시 읽으며

김병익
(문학평론가)

내가 오규원을 처음 만난 것은 그의 시를 『문학과지성』에 재수록할 수 있도록 교섭하기 위해 약속한 1970년 말의, 지금은 물론 없어진 동아일보사 뒤편의 다방, 아마 〈연〉에서였을 것이다. 그는 긴 얼굴에 마른 몸이었고 안경 너머로 보이는 눈은 날카로우면서도 선량한, 그래서 깔끔한 인상이었다. 재수록 작품은 「정든 땅 언덕 위」(『문학과지성』 1971년 봄호)였고 그 추천은 부지런한 김현이었다. 첫 만남부터 우리 사이는 매우 수월했고 바로 말을 놓는 사이가 되었으며 이런저런 일들을 핑계 삼아 자주 만나게 되었다. 그래도 좋을 만큼, 그는 단정하면서도 명쾌했다. 그해 그의 첫 시집 『분명한 사건』이 나왔다. 45년 전 일이기에 어떤 부분은 또렷하지만 대

부분은 마치 안개에 둘러싸인 듯 분위기로만 남아 있다. 그와의 여러 일들은 흐릿한 회상들이지만 그와 만나고 놀고 잡담하고의 우정은 홍겨우면서도 부드럽게 오래 계속되었고 그 어울림에서 그는 늘 말이 분명하고 태도는 확실했다. 그가 홍보지를 책임진 태평양화학을 그만두었다는 것, 청진동 문학과지성사의 넓지 않은 방에 책상 하나 더 밀어넣고 도서출판 〈문장사〉를 창업했다는 것, 그의 요청으로 내 두번째 산문집 『문화와 반문화』(1979)를 낼 수 있었다는 것 등 크고 작은 추억들이 이 오래전의 기억 속에 잠겨 있다. 그럼에도 그의 처녀시집을 복간하면서 그를 회상하는 가운데 먼저 그리고 가장 집요하게 내 안을 붙들고 있는 것은 그에 대한 구체적인 감사와 안쓰러운 송구함이다. 이런 사연부터 먼저 고백하는 것을 독자들은 양해해주기 바란다. 그 일은 내가 내놓고 발설하지 않아 그리 알려지지 않았지만, 나로서는 그 덕택과 부담감이 그럴수록 깊어져 있었다. 나는 점점 잊혀져 무심해져온 그 일을 나 자신을 위해 먼저 회고함으로써 그를 위한 분명한 증언으로 남겨 둬야 할 일이었다.

계간 『문학과지성』은 내 친구 황인철 변호사의 원고료 지원으로 간행되기 시작했고 지면은 호를 거듭하면서 두터워져 원고료가 모자라 곤혹스러워지고 있을 때였다. 내가 난감해하는 것을 어떻게 눈치챘는지, 어느 날 오규원은 자기가 약간의 지원을 하겠다고 내게 제의했다. 서로 넉넉지 못한 월급쟁이여서 내가 의아해하자 그의 설명은 간명했다. 그는 당시 가장 많은 부수를 발행하는 태평양화학의 홍보지 『향장』의 편집 제작을 담당하고 있었는데 그 작업 때문에 거의 매일 인쇄소에 가야 하기에 회사에서는 출장비를 주었고 인쇄소는 그가 와서 수고하기에 역시 일당처럼 그에게 수고료를 지급한다는 것, 그러니까 이중으로 받는 일당의 하나를 『문학과지성』에 희사하겠다는 이야기였다. 그렇다면 하고, 나는 큰 부담감 없이 그 후원을 받아들였다. 액수가 얼마였는지, 얼마나 오래 계속되었는지, 어딘가에 있을 그 당시의 작은 회계 수첩을 보면 찾을 수 있을지 모르겠지만, 그 액수나 기간은 조금도 중요치 않게, 나는 이 조건 없는 지원에 참으로 감사했다. 도서출판 문학과지성사가 창사되고 그도 회사를 그만둘 즈음까지 계속되었을 그 후원은 실제로 가난한 잡지 운영에 많은 도움이 되었으리라. 그가 친구였기에 나는 따로 고맙다는 인사를 차리지 않았고 당시의 동인에게 보고는 했지만 밖으로 그의 선행을 밝히지 않았기에 거의 모르고, 잊고 하며 지내왔다.

겹으로 감사해야 할 일은 초창기 교정도 볼 줄 모르는 상태에서 시작한 문학과지성사가 책을 내기 시작할 때 발행도서의 장정을 김승옥, 권영빈과 함께 오규원이 많이 맡아주었던 일이다. 이 방면으로도 뛰어난 재주를 보인 그의 대표적인 장정이 이청준의 『당신들의 천국』(1978)과 조세희의 『난장이가 쏘아올린 작은 공』(1976)의 표지였는데, 문지사로서 출판 초창기의 활기를 크게 안겨준 그 소설 작품들이 베스트셀러이

자 스테디셀러로 등극하게 된 데에는 그의 이 표지 덕이 적지 않았을 것이다. 거기다 어느 날, 그는 문지 시집 장정이 촌스러우니 바꾸라고 야단치듯하며 표지 도안 하나를 내밀었다. 그것이 이런저런 출판사들의 시집 총서 모범이 된 '문지 시인선' 표지 포맷이었다. 표지 둘레를 기본 색 한 가지로 깔아 둘레를 구성하고 가운데에 시인에 따라 고른 색깔을 긴 네모의 틀 안에 바탕으로 하여 시집 표제와 시인의 캐리커처를 넣고, 표지 뒷면에는 시인의 시에 관한 단장을 넣도록 한 그 장정은 한마디로 '혁신적인 멋'을 발휘하는 것이었다. 문학과지성사의 시인선이 이제 500권에 가까워지고 있지만, 100호 단위마다 큰 바탕색만 바꾸며 근 40년 동안 그 구조를 유지해오면서도 여전한 모범을 자랑하며 '문지 시인선'의 높은 품격과 신선한 세련성을 지킬 수 있었던 것은 오로지 오규원의 이 높은 심미안이 잡아준 틀 덕분이다. 그는 마음에 들지 않은 품새는 남의 것이라도 참을 수 없었던지, 더러 나오는 잡지나 신문의 내 사진이 마땅치 않다며 내 얼굴을 여러 장 찍었다. 그 사진들은 내 얼굴 스냅 중 가장 잘 나온 것으로 내가 나한테 반할 만큼 멋져 보였다. 그의 사진 촬영 수준이 어느 만큼 높았는지 그 후 그가 찍은 횔덜린의 집 사진을 내가 무척 탐을 내 빼앗듯 얻어내 사무실 벽에 걸어두기까지 했다.

금박한 감사장을 헌정해도 모자랄 그에게 그럼에도 나는 깊은 송구스러움을 지울 수 없는 일이 있었다. 내가 신문사 기자로 있을 때 모자란 잡비를 메우기 위해 잡문을 많이 썼는데 그런 나를 돕겠다고 그는 『향장』에 짧은 연재거리를 마련해주었다. '세계의 화제'였는지 세상일에 대한 가벼운 이야깃거리를 해외 뉴스에서 끌어와 소개하는 자리에서 나는 곧잘 독재 권력의 부패나 희화화한 이야기들을 끼워넣어 들먹이곤 했다. 몇 달이나 되었을까, 나를 본 그는 지나는 말처럼 남산에 가서 당했더니 몸이 휘청거린다며 농담처럼 한 마디 툭 던졌다. 유신 시절의 저승악마 같던, 그 남산이라니 왜? 내 순진한 질문에 마지못해 한 대답이 내 칼럼 때문이었단다. 그는 무가지로 뿌리는 이 대중 홍보지에서 겁도 없이 그런 불량한 글을 싣느냐며 무지막지하게 몽둥이질을 당했다는 것이다. 이 난데없는 사건에 나는 물론 깜짝 놀랐고 그에게 무어라고 위로나 미안해할 수 있는 말을 찾지 못했다. 내 무심을 탓하기 전에 필자가 아닌 편집자인 그가 왜 당했을까 당혹스럽고 난감하지 않을 수 없었다. 내가 일간지 기자였고 그는 홍보지 편집자였기에 만만한 그가 대신 당한 것이 틀림없었다. 그 일은 두고두고 내게 큰 빚이 되었으며 그가 고칠 수 없는 병에 걸려 예상보다 일찍 세상을 떠나야 했던 것이 30년 전의 그 탓이 아니었을까 송구스러워지는 것이다. 다른 누구에게도 고백하고 싶지 않은 일이기에 그 빚은 내 안에서 깊어질 수밖에 없는 것이었다.

그의 첫 시집에는 나의 이런 무거운 소회는 아랑곳없이 젊은 문학청년의 언어를 향한 상상력의 고통스런 싸움이 활달

하게 펼쳐지고 있다. 세번째 시집 『왕자가 아닌 한 아이에게』(1978)의 해설에서 나는 그가 대기업의 홍보지 편집자로서 어쩔 수 없이 듣고 보고 혹은 끼어들 수밖에 없었던 자본주의 시장의 현장을 결벽한 시인의 눈으로 비판적인 관찰을 하고 있다고 썼다. 그 회사에서 물러나 작은 출판사를 운영하고 그러다 서울예술대학 시학 교수가 되었고 장년이 되어 허파 쪽의 쉬 나을 수 없는 중환에 들어 강원도 내륙의 외진 마을에서 투병하기까지 그는 문학과지성사를 통해 근 열 권의 시집을 냈다. 그 후기의 투병 중에도 결코 가시지 않는 왕성한 언어 탐구의 열정은 그의 정신이 갈수록 더욱 투명해지고 섬세해지고 있었다. 그렇지 않아도 도수 높은 안경으로 대상을 찬찬히 관찰하는 그는 숨 쉬기 힘든 허파에 힘겨워했기 때문에 아마 그 시선은 더욱 날카롭고 정밀했을 것이다. 마침내 그가 이 세상을 버린 후 나온 유고시집 『두두』(2008)에 이르러서는, 사물과 자연에 대한 치밀함을 넘어 치열한 객관 묘사를 보고 나는 전율을 느끼지 않을 수 없었다. 사물에 대한 그의 극도의 정밀성을 근접촬영 수법으로 획득하여 나름의 방식으로 개념화한 '날이미지'의 시들에서 나는 타르코프스키의 영화를 보는 듯한 느낌을 가졌었다. 거기에는 이 세상의 잡스러운 것들을 티까지 지워 없애고 오직 투명한 시선과 거기에 포착된 사물의 순수한 형상과의 직절한 교호만이 존재했다. 그 극도의 객관성을 통해 역으로 그는 이 세상의 유정(有情)한 공감을 감염시키고 있는 것이었다.

그러나 그의 20대에 씌어지고 묶인 『분명한 사건』은 그런 그에 이르기까지의 40년 전, 아직 난해시를 즐기던 1960년대의 시풍을 그래도 얼마큼 즐기면서 젊은 혈기와 열정이 어울려 '말'에 대한 팽팽한 긴장을 일으키고 있는 젊은 시인 오규원을 보게 한다. 이때의 그는 먼저 시의 원초적인 재료인 언어의 형태와 기능에 대한 저대로의 싸움을 싸운다. 그는 말이 지닌 모호함, 그것이 쉬 빠져 낡아버리는 상투화에 씨름을 걸고 있었다. 이광호와의 대담에서 그는 그런 자신의 '언어 탐구의 궤적'을 회상하며, 가령 "A가 B에게 1천만 원을 주었다"라는 한 문장에서 가능한 숱한 내포를 제시하고 이 난감한 말의 희롱에서 어떻게 분명하고 싱싱한 언어적 명백함 혹은 구상성(具象性)을 얻으려고 했는지 노력했다고 고백하고 있다(이광호 엮음, 『오규원 깊이 읽기』, 문학과지성사, 2001, pp. 28~29). 그 까다로운 노력이 『분명한 사건』 곳곳에서 드러나고 있다. 거기서 내 눈에 먼저 띄는 것이 한자어의 '어색한' 활용*이다. 수록된 첫 시 「西쪽 숲의 나무들」에서부터 그렇다. 여기서 묘사되는 "十七世紀 外套을 입은 산비둘기는/그해의 마지막 獲得처럼/차이코프스키 교향곡 몇 소절을 울

* 나는 이 글을 1971년에 간행된 『분명한 事件』의 초판을 읽고 쓴다. 한자어의 혼용이 당시의 관행이었고, 오규원은 초판본의 많은 한자들을 그 후 2권으로 간행된 『오규원 시전집』(문학과지성사, 2002)에서 한글로 바꾸었다. 나는 오규원의 초기 시를 보면서 그의 시 창작을 향한 접근을 이해하기 위해 그의 당초의 한자어 사용에 관심을 두었다.

었다"는 구절은 여전한 모양새의 깃털을 가진 산비둘기의 울음소리가 그해 세밑에 접한 차이콥스키 음악처럼 들렸다라는 이야기일 터인데, 지금의 우리 언어 관습으로 보면 어색하게 울려옴을 피할 수 없는 한자어-우리말로 조합된 언어적 수사는 이처럼 난삽하고 우회적이다. 그 까다로운 차사의 절차를 통해 시인은 묘사되는 대상의 친숙함을 언어적 낯섦으로 환치하여 우리에게 새로이 생생한 형상으로 상기시켜준다. 어색한 어법이 일으키는 그 강한 환기력(!)을 그는 도모하고 있는 것이다.

「現像實驗(別章)」이란, 제목 자체가 어려운 시에서도 "투명한 心象의 바다 속" "나의 家僕이 乳母車를 끌고/한낮의 거리에서 疏外를 밀 동안" "어린 새의 質量" 등등 빈번하게 까다로운 한자어들이 남용되고 있다. 지금의 언어 감각에서는 물론이고 1960년대에도 그리 편하게 읽히는 문자는 아니다. 그럼에도 나는 이 고전적인 한자의 작위적인 표현에서 오규원의 시적 작업에 피할 수 없는 언어적 유희를 통한 이미지의 상승을 발견한다. 이 시는 요컨대 "투명한 心象"에서야 "조용히 사색"에 젖어들 수 있다는 것, 그래서 사람의 인기척을 느낄 맑은 정신을 차려둘 수 있다는 것, 혹은 "소멸할 하루의 日程을 거두어들임"으로써 일상에 대한 깊은 성찰이 이루어질 수 있다는 것을 보여준다. 이 과정을 이끌어오는 것이 그의 불협화음적인 한자와 한글의 어색한 조합이다. "당신에게 외면당한 현실의/뒤뜰 구석에는/神의 왼쪽발/뒤꿈치가 摘發된다/

분실한 잠이/몇 송이 라일락꽃이 摘發되고/지붕 밑 서까래에서/낡은 돌쩌귀가 摘發된다"(「現況(B)」)처럼 눈에 띄는 현상들을 '적발'의 대상으로 반복함으로써 거듭 환기시키거나, "死語들의 기침 소리를 캐내던 사내가/신에게 적발되어 神國의/말뚝에 매여 있네" "生木들의 잎은 거울이라서"(「사랑 이야기」)에서 언어가 자칫 상투어로 말라가다가 드디어 "거울처럼" 부서지기 쉬운 사어(死語)가 되어가고 있음을 깨우친다. 그가 왜 이처럼 한자어의 의외로운 활용을 도모하고 있을까. 그 이해를 위해 다음의 시를 인용한다.

言語는 추억에
걸려 있는
18세기형의 모자다.
늘 방황하는 기사
아이반호의
꿈 많은 말발굽쇠다.
닳아빠진 認識의
길가
망명정부의 廳舍처럼
텅 빈
想像, 言語는
가끔 울리는
퇴직한 外交官宅의

초인종이다.

—「現像實驗」 부분

문학청년의 끼가 아직 남아 있는 시인에게 맨 먼저 와 부딪치는 것은 역시 언어다. 그리고 그가 흔히 만나는 것들은 이미 상투어가 된, 그래서 그 시니피에의 싱싱함을 잃어가고 있는 말들이다. 그는 그렇게 언어의 죽어감에서 이른바 낯설게 하기의 실험을 통해 그것의 어색함을 통한 시니피앙의 환기력으로 사어의 구덩이에서 끌어올리는 것을 시의 작업으로 생각했을 것이다. 그래서 그것이 추억에서 문득 눈에 띄는 벽걸이의 구형 모자로, 방황하는 기사의 꿈 많은 말발굽쇠로, 망명정부의 텅 빈 공간으로, 그리고 화사한 자리에서 이제 퇴직해 한적해진 외교관 사택의 초인종 소리로 옮겨가며 말의 생동감을 찾아내고자 한다. 그럼으로써 다시 싱싱한 생기를 되찾은 말들은 「포도 덩굴」에서의

사랑하는 것들의 눈뜨는
소리와
사랑하는 것들의 눈 감는
소리
사이로 뻗어 있는
싱싱한 포도 덩굴

같은 사랑의 아롱진 이미지를 아름다운 우리말로 생생하게 구현한다.

그가 언어의 생경함을 깨우치고 살아 움직이는 말로 일구려는 시적 노력은 아마도 시인으로서 인식해야 할 이 세계의 불투명함과 수선스러움 때문일 것이다. "인식의 마을은 회리바람이더라 흔들리는 언어들이더라/武裝한 나무들이더라/[……]/인식의 마을은 겨울이더라 强雪이더라/바람이 동상에 걸린 가지를 자르더라/싸늘한 싸늘한 積雪期더라 밤이더라"고 허심스럽게 관찰하며 '인식의 마을'을 덮고 있는 혼란하고 싸늘한 세계를 향해 그는 도전을 감행하고 있는 것이다. 그 혼란과 싸늘함의 '마을'에서 시작한 그의 도전은 「그 마을의 住所」에서 "사지가 비틀린 햇빛의 통증"을 앓아가며 찾아낸 "소름 끼치는, 소름 끼치는 울음을 우는/햇빛 속"에서 "나른한 잠을 즐기던 유령들이/시나브로 떨어져 죽는/編入된 하늘의 一帶"를 찾아낸다. "그때 10년 만에/부스스 눈을 뜨고/한 발로 파도를 누르는 山./그때 10년 만에/처음으로 잠드는 바다"(「정든 땅 언덕 위」)를 그는 만난다. 이후의 그의 시는 이 지경에서 새로이 시작되게 될 것이다.

나는 여기서 덤을 붙이기 위해서가 아니라 그와의 영원한 작별을 돌이켜보기 위해 그의 애틋한 시를 좀더 읽어보아야겠다. 추상, 인식, 현상, 환상 같은 탈실재, 비구상의 어휘들을 흔하게 맴돌면서도 그가 '사건'이란 분명한 구체성의 제목을 단 시가 딱 두 편이 있다. 그 두 편의 시들은 공교롭게도 똑같이 '죽음'을 말하고 있다.

골목에서
작년과 재작년의 죽음이
서로 다른 표정으로
만나고
그해 죽은 사람의
헛기침 소리 하나가
느닷없이
행인의 뒷덜미를 후려치고 간다

—「분명한 사건」 부분

눈을 반쯤 감은 어제의 죽음이
끌려오고
오늘의 거리를 구경한 나뭇잎의 神經이
공포의 그 순간이 끌려오고

—「무서운 사건」 부분

그의 첫 시집 표제작이 되고 있는 앞의 시에서 나오는 '분명한 사건'은 그의 연보에서 보이는 두 분의 계모와 이복동생의 죽음일지도 모르고 뒤의 '무서운 사건'으로 언급되고 있는 죽음은 누군가 탐욕과 허위의 삶을 마치면서 "24시간 1,440분

86,400초가, 차례로/검토되"면서 "순진한 미래가 체포되어 식탁에 오르"는 '공포의 순간'을 말하고 있다. 이 죽음이야말로 인간에게, 그리고 모호한 이 세계에서 가장 '분명한' 사건이고 가장 '무서운' 사건이 아니겠는가. 그 양상은 서로 다른 '표정'을 가지고 있지만 "과거가 소집당하고" "미래가 체포되어" 한 덩이 먹이로 식탁에 오르게 된다. 아, 이 '분명한' '무서움'의 존재론적 형태는 어이없는 환상, 구현되지 않을 추상의 모습이 결코 아니었다. 이 대목을 보면서 나는 10년 전 죽음을 바로 눈앞에 두고 있던 그의 얼굴을 떠올렸다. 공해 없이 깨끗하고 외진 시골에서 요양을 하며 대학도 쉬고 또 그 대학을 그만두며 조용히 투병하고 있던 그를 나는 오랫동안 보지 못한 채 소식만 들어왔었다. 그가 사범학교를 다녔고 그 덕에 초등학교 교사 생활을 하고 법대를 다녔고 군대 의무병을 마치고 서울의 출판사에서 '밥을 먹고' 지낼 때는 그가 시인이 되기 전의 이력이고 나와도 면식이 없었기에 모르는 그의 생애에 내가 간섭할 일은 아니었다. 그러나 그가 시인으로, 출판인으로, 대학 시학 교수로 활동할 때는 많은 덕택도 얻었고 앞서 고백한 감사와 송구를 더없이 느끼면서도 '말 없는 우정'으로 지내는 게 예의일 수 있지만, 그가 '무릉'이란 복되고 영생을 누릴 이름의 시골에서 외롭게 투병할 때 그의 제자인 시인 이원을 통해 안부만 듣고 한 번도 찾아가보지 않았던 내 게으름은 참으로 회한에 찬 결례였고 돌이킬 수 없는 배덕이었다. 그 안타까움을 짐지고 있던 참에 나는 서울대학

병원의 면회가 제한된 중환자실에서 부인 김옥영 씨의 안내로 의식 없이 그저 누워 있는 그를 보았다. 어두운 방에 눈 감고 숨을 쉬는 듯 마는 듯 누워 있는 그의 얼굴에는 생명유지장치의 여러 선들이 엇갈려 착잡하게 매여 있었다. 그것은 아주 구상적이고 피할 수 없는 생명의 마지막이 빚어내는 '분명한 사건'이었다. "아 순진한/미래가 체포되어" 침대에 묶여 있구나! 사흘 후 그는 이승으로부터 자유의 몸이 되었고 강화도 전등사 앞의 굵은 소나무에 한줌 재로 숨어버렸다. 나도 그 나무 밑둥치에 흙 한 삽을 떠 얹고 번거롭게 행갈이한 조사를 읽었다: "문득 돌아보니, 규원이 자네가 없네, 둘러보아 찾아도 규원이 자네가 없네". 먼저 간 다른 친구들은 그들이 사위어감을 옆에서 지켜보았기에 그들의 마지막에도 존재감을 지킬 수 있었지만 숱한 소식으로만 그의 이름을 뇌이면서도 정작 그의 얼굴을 바라본 적이 하 오래되어 그가 이 지상에 없다는 것이 실감되지 않고 있던 참이었다. 나는 끝내 그와의 살아서의 35년, 헤어져서의 영원으로 그와 전별해야 했다: "없음이 있음을 피워내고/사라짐이 새로 돋아오름으로 탈바꿈하며/지금, 여기, 이 자리는/황홀한 역사를 뿌리고 있네". 나는 이렇게, 없는 오규원이 살아서 보여온 초연한 모습의 초상을 비구상으로 되살려내면서 이룰 수 없는 그의 환생을 덧없음으로 부르지 않을 수 없었다.

| 기획의 말 |

1978년 출범하여 오늘까지 이어져온 '문학과지성 시인선'이 독자들의 사랑과 문인들의 아낌 속에 한국 현대시의 폴리스Polis를 이루게 된 사실은 문학과지성사에 내린 지복이기도 하지만 동시에 한국시를 즐겨 읽는 독자들에겐 '상리공생(相利共生)'의 사안이기도 하다. 왜냐하면 한국시의 수준과 다양성을 동시에 측량할 수 있는 박물관의 역할을 이 시인선이 해줄 수 있기 때문이다. 요컨대 여기는 한국시의 '레이나 소피아Reina Sofia'이다. 시의 '뮤제오 프라도Museo Prado'가 보이지 않는 게 아쉽긴 하지만.

그러나 '문학과지성 시인선'이 현대시의 개성들을 다 모아놓고 있다고 오연히 자부할 수는 없다. 시인선의 편집자들이 한국어의 자기장 내에서 발화하는 시의 빛점들을 포집하기 위하여 고감도 안테나를 드넓게도 촘촘히도 작동시켰다 하더라도, 유한자 인간의 "앨쓴"(정지용, 「바다」) 작업은 빈번히 누락과 착오로 인한 어두운 그늘들을 드리워놓기 십상이기 때문이다. 환상과 우연의 힘들은 완전하고자 하는 의지를 김빼는 한편, 우리의 울타리 바깥에서도 시의 자치구들이 사방에 산재해 저마다 저의 권역을 넓혀나가고 있다는 사실을 확인케 해 새삼 우리를 겸허한 반성 쪽으로 이끌고 간다.

모든 생명적 장소가 그러하듯이 시의 구역들 역시 활발한 대사 운동 끝에 팽창과 수축을 거듭하면서 크게 자라기도 하고 소멸되기도 한다. 때로는 구역의 진화와 시의 진화가 심히 어긋나는 때가 있으며, 그중 구역은 사용을 멈추었는데 시는 여전히 생생히 살아 있을 경우야말로 애달픈 인간사 그 자체가 아닐 수 없다. 외로 떨어진 시 덩어리는 우주선과 잡석들이 빗발치는 망망한 말의 우주의 유랑자의 위상에 처하게 되고 갈 곳 모른 채 표류하다가 서서히 소실의 검은 구멍 속으로 빨려 들어가거나 완벽한 정적의 외진 구석에 유폐된 채로 그 자리에서 먼지로 화할 수도 있을 것이다.

실로 한국 현대시 100년을 경과하면서 역사의 무덤 속으로 들어가기를 거절하고 삶의 현장에 현존하고자 하는 의지를 내뿜는 시뭉치들이 이곳저곳에서 출몰하는 횟수를 늘려가고 있었으니, 특히 20세기 후반기에 출판되었다가 다양한 사연으로 절판되었거나 출판사가 폐문함으로써 독자에게로 가는 통로를 차단당한 시집들의 사정이 그러하여, 이들이 벌겋게 단 얼굴로 불현듯 우리 앞을 스쳐 지나갈 때마다 우리는 저 시뭉치의 불행과 저들과 생이별하여 마음의 양식을 잃은 우리의 불운을 한꺼번에 안타까워하는 처지에 몰리게 된다.

그리하여 우리는 '문학과지성 시인선' 내부에 작은 여백을 열고 이 독립 행성들을 우리 항성계 안으로 모시고자 한다. 이는 '시인선'의 현 단계의 허전함을 메꾸기 위함이요, 돌연 지구와의 교신망을 상실한 시뭉치에 제2의 터전을 제공하기 위함이요, 독자의 호시심(好詩心)에 모자람이 없도록 하고자 함이니, 이 삼중의 작업을 한꺼번에 이행함으로써 우리는 한국시에 영원히 마르지 않을 생명샘의 가는 한 줄기가 될 수 있기를 소망한다.

이 작업을 통해서 우리는 옛것의 귀환이라는 사건을 때마다 일으킬 터인데, 이 특별한 사건들은 부족을 메꾸는 부정-보충적 행위를 넘어 새로운 시의 미각적 지대, 아니 더 나아가 새로운 정신적 지평을 여는 발견적 행동이 되고야 말리라는 것을 확신하는 바이다. 우리가 특별히 모실 이 시집들의 숨겨진 비밀이 워낙 많다는 뜻을 이 말은 품고 있거니와, 진정 이 시집들은 처음 세상에 모습을 드러내었던 당시 독자를 충격했던 새로움을 보존할 뿐만 아니라 같은 강도의 미지의 새 새로움의 애채를 옛 새로움의 나무 위에 돋아나게 해줄 것이 틀림없다. 그리하여 독자는 시오랑E. M. Cioran이 언젠가 말했듯 "회상과 예감réminiscence et pressentiment이 반대 방향으로 멀어지기는커녕, 하나로 합류하는"(「생-종 페르

스Saint-John Perse」, 『예찬 실습*Exercises d'admiration*』 in 〈저작집*Œuvres*〉, Pleiade/Gallimard, 2011) 희귀한 체험을 생생히 누리리라 짐작하거니와, 이 말의 주인이 그 체험의 발생주체로 예거한 시인을 가리켜 "모든 시간대에서 동시대인으로 존재하는 사람un contemporain intemporel"이라고 말했던 것과 마찬가지로, 이 체험의 신비함이야말로 모든 시간대에서 최고의 신선도로 독자를 흥분케 할 것이다.

그렇긴 하지만 우리는 이 재생의 사건들을 특별히 꾸리는 별도의 총서는 자제하였다. 그보단 우리의 익숙한 도시인 '문학과지성 시인선' 안에 포함시키고자 하는데, 우리의 '시인선' 자체가 늘 그런 신비한 체험을 독자들에게 제공해주기를 기대하기 때문이다. 다만 아주 시치미를 떼어서 독자를 정보의 결핍 속에 방치하는 우를 범할 수는 없는 연유로, 처음부터 시작하는 번호에 기호 R을 멜빵처럼 감쳐서, 돌아온 시집임을 표지하고자 한다. R은 직접적으로는 복간reissue의 뜻을 가리키겠지만 방금의 진술에 기대면 이 귀환은 곧 신생과 다름이 없어서, 반복répétition이 곧 부활résurrection이라는 뜻을 함축할 뿐 아니라 더 과감히 반복만이 부활을 가능케 한다는 주장까지 포함할 수 있을 것인데, 그 주장이 우리 일상의 천편일률적이고 지루하고 데데한 반복을 돌연 최초의 생의 거듭남으로 변신시키는 마법의 수행을 독자들에게 부추길 것을 어림한다면, 그것은 아무리 되풀이 강조되어도 지나치지 않을 것이다. 더욱이나 어느 현대 시인은 "R이 없어서,

죽음은 말 속에서 숨 막혀 죽는다*Privé d'R, la mort meurt d'asphyxie dans le mot*"(에드몽 자베스Edmond Jabès, 『엘, 혹은 최후의 책*El, ou le dernière livre*』, 1973)는 촌철로 언어의 생살을 도려내었으니, R을 통해서만 언어는 존재의 장식이기를 그치고 죽음조차 삶의 운동으로 되살리는 것이다.

그러니 '문학과지성 시인선'의 새로운 R의 행렬 속에서 우리가 독자들에게 바라는 것은 이 한 글자의 연장이 무엇이든 그 안에 숨어 있는 한결같은 동작은 저 시인이 암시하듯 숨통 터주는 일임을 상기해달라는 것이다. 이 혀를 안으로 마는 짧은 호흡은 곧이어 제 글자의 줄이 초롱처럼 매달고 있는 시집으로 이목을 돌리게 해, 낱낱의 꽃잎처럼 하늘거리는 쪽들을 흔들어 즐겁고도 신기한 언어의 화성이 울리는 광경을 마침내 목격하고 청취하는 데까지 당신을 이끌고 갈 수 있을 터이니, 그때쯤이면 이 되살아난 시집의 고유한 개성적 울림이 시집에 본래 내재된 에너지의 분출이면서 동시에 그것을 그렇게 수용하고자 한 독자 자신의 역동적 상상력의 작동임을 제 몸의 체험으로 느끼게 되리라.

㈜문학과지성사